Karin Hübner

Der Hundehimmel muss noch warten

Neuauflage

Danksagung:

Ich bedanke mich zu aller erst bei meinem Mann,
>Burkhardt Hübner<
für seine Unterstützung und
Mithilfe

>Silvia Ulbrich und Kassandra Frauenderka<
für die Freigabe der Fotos

Gaby Böttger-Blume & Josch Blume
für die Bereitstellung Ihrer Fotos

und

dem Lektorat

Michaela Hübner

Vielen Dank !

Der Hundehimmel muss noch warten
>Ein Hund und seine Geschichte<

Karin Hübner

Bibliografische Information der Deutschen Nationalbibliothek: Die Deutsche Nationalbibliothek verzeichnet diese Publikation in der Deutschen Nationalbibliografie; detaillierte bibliografische Daten sind im Internet über dnb.dnb.de abrufbar.

© 2017 Karin Hübner
Herstellung und Verlag:
BoD – Books on Demand, Norderstedt

Der Hundehimmel muss noch warten
ISBN. 9783741290343

Neuauflage

Vorwort

Wir wollten eigentlich keine Tiere mehr, denn wir hatten fünf Katzen und einen Schäferhund. Es tat uns immer sehr weh, wenn wir einen unserer Lieblinge loslassen mussten, so entschieden wir uns „keine Tiere,, mehr!

Nachdem wir ein paar Jahre das so ausgehalten haben und lange darüber gesprochen hatten, kam dann doch noch einmal ein „Wauwie", ich glaube das kennt ihr auch,„nie wieder Tiere" und dann doch. Also nahmen wir ein ausgesetztes kleines Hündchen auf, adoptierten es! Nun fängt die Geschichte aber an, die aber „Puffel" (so heißt er) jetzt selber erzählt!

Viel Spaß beim Lesen

Er wurde einfach entsorgt, der kleine Labrador-Dackel Mix „Puffel"

Die wahre Geschichte eines kleinen Hundes, der in der Mülltonne auf Mallorca dem Tod geweiht war und nur durch Zufall entdeckt wurde.
Abgemagert bis auf die Knochen, verängstigt und scheu wurde er aus der Mülltonne, kurz bevor der Müll gelehrt wurde, befreit.

Heute ist der kleine Hund der Star auf Mallorca, im Nordosten der Insel. Mit viel Liebe wurde er wieder aufgepäppelt. Wie es dazu kam und warum er jetzt ein „Star" auf der Fensterbank ist, erzählt Puffel, so heißt er jetzt, selber.

Eine rührende Geschichte und Liebe zwischen Mensch und Hund

Mit div. Bildern des kleinen Hundes

Kapitel 1

Das ist ganz schön dunkel, wo bin ich? Als ich weglaufen wollte, bin ich mit der Nase sofort an eine Wand gestoßen, ich hatte gar nicht gesehen, wo diese Leute mich hinein geschmissen haben. Ich war ja in einem Sack und als sie mich ausgekippt haben, war es plötzlich gaaanz tief und dunkel! Warum haben sie das nur gemacht?

Ich war doch ganz lieb, wenn sie auf mich zukamen, habe ich mich gleich hingeschmissen, aber die Leute haben mich gar nicht beachtet und auch nie den Bauch gekrault. Dann bin ich immer wieder in meine Ecke gegangen und habe mich in den Papierhaufen gelegt, da, wo sie mich immer hingeschickt haben. Und nun haben sie mich auch noch in dieses dunkle, kalte und stinkende Haus gesperrt!

Ich hatte mir solche Mühe gegeben, aber was ich auch getan habe, diese Leute hatten mich einfach nicht lieb!

Ich habe auch nie gebellt, damit sie nicht genervt sind. Wenn ich nur mal gepiepst habe, damit sie mich ein klein wenig beachten, schauten sie mich ganz böse an, dann bin ich auch gleich, Köpfchen und Schwänzchen nach unten, in meine Papierecke und war wieder ganz leise.

Ich habe auch ganz wenig gegessen, damit ich nicht so viel koste, hat alles nichts genutzt.
Und nun sitze ich in diesem furchterregenden dunklen Haus und kann vor Angst gar nicht aufhören zu zittern, es gefällt mir hier drin überhaupt nicht, und ich kann nicht alleine hier raus! Ob sie wohl zwischendurch an mich Denken? Vielleicht tut es ihnen ja jetzt leid und sie holen mich doch wieder hier raus! Aber, ich glaube es nicht.

Irgendwann muss ich dann eingeschlafen sein vor lauter Zittern und Frieren. Ich war so unendlich traurig und gestresst, dass ich tief und traumlos geschlafen habe.

Von einem lauten Krachen wurde ich plötzlich wach und ich musste erst mal kurz überlegen, wo ich eigentlich bin. Als es mir klar wurde, kam sofort die Angst zurück! Dazu kam noch, auch wenn ich nur ein Hund bin, in dem ganzen Müll stinkt es wirklich und darum hab ich mich in die äußerste Ecke verkrochen.

Jetzt kam ich langsam raus aus der Ecke, um genauer zu horchen, was das für ein Krach da draußen war.

Jetzt wurde mir langsam klar, wo ich war, ich hatte doch die Menschen schon beobachtet, wie sie in so ein „Haus" ihren Müll geworfen haben. Das nennen sie glaube ich „Mülltonne", toll, und darin sitze ich nun!

Jetzt, wo mir endlich klar war, wo ich bin, habe ich erst recht Angst, das heißt, ich wusste gar nicht, dass noch mehr Angst geht, aber geht.

Außerdem hatte ich beobachtet, wie diese Mülltonne in große Autos gekippt wird, denn das war der Krach, den ich jetzt hörte. Das konnte für mich kein gutes Ende nehmen, dachte ich nun zitternd, und legte mich wieder in die Ecke, schlief dann auch völlig erschöpft wieder ein. Wie lange ich geschlafen habe weiß ich nicht, ich wurde jedenfalls wach, weil ich solchen Durst hatte und Essen würde ich ja hier drin immer etwas finden, wenn auch nicht lecker, aber nichts zu trinken fand, ich viel schlimmer.

Das war es dann wohl, nicht nur, dass es dunkel war, es wurde auch immer wieder Müll eingeworfen und das Schlimmste dabei war, niemand bemerkte mich und mir blieb vor lauter Angst die Stimme weg.

Anfangs habe ich ja leise gebellt, aber keiner hat mich gehört oder es wollte keiner hören!

Ich bin so traurig und mir ist kalt und habe immer noch Durst. Ich bin doch ganz lieb, warum will mich niemand und warum wollten die anderen „Herrchen" mich denn nicht, obwohl, schön war es da ja nicht.

>Warum holt mich keiner aus der blöden Mülltonne raus?<

>Ich bin so traurig, keiner hat mich lieb<

Langsam werde ich immer schwächer, selbst wenn ich jetzt noch den Versuch mache zu bellen, es ging nicht, ich war schon völlig ausgetrocknet!
Ok, dann versuch ich weiter zu schlafen, denn das fällt mir nicht wirklich schwer, mir fallen schon vor Schwäche die Augen zu. Vielleicht wache ich ja auch nie mehr auf, das wäre wohl das Beste für mich, weil mich sowieso niemand will.
*****

Wie es der Zufall wollte, kam gerade eine Familie und wollte den Müll wegwerfen. „Ach du Liebe Zeit, ich will gerade den Müll einwerfen, da sehe ich einen kleinen Hund in der Tonne liegen, ganz zusammengerollt, wie eine Katze und wimmern. Hole mal schnell eine Decke aus dem Auto, der atmet ja kaum noch, ich sehe ihn aber zittern! Wir holen ihn raus und tragen ihn ins Auto."

Zu Hause angekommen legten sie den armen kleinen Hund mit der Decke eingekuschelt auf den Boden und stellten den halb verhungerten Kleinen, der noch vor Schwäche nichts mitbekam, ein Schüsselchen mit Futter und Wasser hin. Futter hatten sie immer bei, weil sie eine Tierauffangstation für eben solche armen Wesen haben!

Sie streichelten das Hündchen, und obwohl sie das oft schon gesehen haben, können sie immer noch nicht fassen, dass es Menschen gibt, die zu so etwas fähig sind! Wie kann man so ein süßes Wesen nur in eine Mülltonne schmeißen?

Ich glaubte, ich bin schon im Hundehimmel, schnupperte frische Luft, frisches Wasser und Futter, und vor allem, es stank nicht mehr. Langsam öffnete ich die Augen, zuerst merkte bzw. sah ich es war nicht mehr dunkel und eng, es ist wie im Himmel, mir gegenüber sitzt eine Frau, die ganz lieb aussieht und die sieht mich an und lächelt.

Langsam versuche ich mich auf meine Pfoten zu stellen, aber ich hätte es wissen sollen, meine Schwäche ging bis in die Pfoten und somit „huch", bin ich umgefallen. Die Frau sprang gleich auf und half mir stehen zu bleiben, vor den Näpfen hielt sie mich liebevoll fest, damit ich Fressen und Trinken konnte.

Mm, war das köstlich, ich fühlte ganz deutlich, wie Leben in mir aufstieg, oder rein ging, oder, ach egal, jedenfalls fühlte ich mich super. Das war dermaßen lecker, ich war buchstäblich sofort fit, zwischendurch schleckte ich kurz die Füße der Frau, die neben mir hockte, um ihr so meine Dankbarkeit zu zeigen, dann aber weiter mit Genuss in die Näpfe! O man, äh, oh Hund, so stelle ich mir das Paradies vor.

So, nun war ich erst mal satt und ließ mich nun genüsslich von der Frau streicheln und wurde langsam müde. Das war ich ja gar nicht gewöhnt, und somit schlief ich mit einem wohligen Gefühl ein. Als ich wieder wach wurde, war mir nicht sofort klar, ob ich geträumt habe, aber nein, es ist wahr.

Kapitel 2

Die Tage vergingen und es bleibt das Paradies, ich werde immer fitter und trotzdem sah ich mich im Spiegel und fand, da schaut mich schon ein mickriges etwas an.

Aber egal, mir ging es gut und die Frau ging oft mit mir raus, „sie nannte es Gassigehen", kannte ich so auch nicht und da draußen waren viele andere Hunde, die guckten mich am Anfang ein bisschen komisch an.

Kann ich aber auch verstehen, doch nach kurzer Zeit Schnuppern haben wir uns alle schon vertragen.

Nach kurzer Zeit merkte ich, dass irgendetwas nicht stimmt, denn mit der Zeit bekam ich ein „Gespür" für so etwas, denn bei meinen ersten Leuten hatte ich das auch, dieses komische Gefühl, und nun schon wieder.

Bitte nicht, ich will nicht recht haben, das schlechte Gefühl war jetzt ganz deutlich und das deshalb, weil ich mich hier so wohl fühlte. Mir ging plötzlich durch den Kopf, „was mach ich bloß falsch, das mich keiner haben will?" ich sagte mir „nicht weiter Nachdenken, erst mal weiter Gassi gehen und warten, was da kommt, was soll ich auch anderes tun"!

Ich hab es doch geahnt, und wieder bin ich traurig, denn wir stehen schon eine ganze Weile auf einem großen Parkplatz und ich habe eine ganz lange Leine am Halsband, hatte ich sonst nicht, die Frau, die ich schon lieb hatte, streichelt mich auffallend oft und nun spürte ich es ganz deutlich, es wird ein Abschied! Warum nur?

Warum muss ich schon wieder weg? Was ich aber nicht wusste, die Frau, die mich streichelte, war die Leiterin einer Auffangstation für arme und herrenlose oder misshandelte Hunde.

OK, das war jetzt klar, dass ich da jetzt nicht lange bleiben konnte, schade.

Da, da kommt ein anderes weißes Auto, ich tue mal so als sehe ich sie gar nicht und ohne meinen Kopf zu bewegen. Ich schiele mal dahin und tue sehr beschäftigt, aus den Augenwinkeln sehe ich drei Leute aus dem Auto aussteigen. Ein großer alter Mann, eine kleine Frau, auch älter und eine blonde junge Frau.

Langsam bekomme ich Bauchschmerzen, jetzt guck ich doch mal genau hin und ein angenehmes Gefühl steigt in mir auf, denn ich glaube, die drei haben eine gute Aura.

Wir Hunde können es besonders gut wahrnehmen, wie ferngesteuert laufe ich los in ihre Richtung und versuche sie sofort auf meine Seite zu bekommen. Endlich mal Glück haben in meinem Hundeleben, das wäre schön.

Nun renne ich mit „Wackelschwänzchen" los und schmeiße mich direkt vor ihre Füße, meine Pfoten nach oben und….Funktioniert, alle drei sind völlig begeistert von mir, sie kriegen sich gar nicht mehr ein, denn sofort wird gestreichelt und gekuschelt. Hoffentlich nehmen die mich mit, bitte bitte lieber Hundegott!

Ich muss mich auch erst mal vorstellen, ich bin ein Mischling, Labrador/Dackel.
Ihr lacht, wie geht das? Weiß ich auch nicht, aber seht nachher selber an meinen Fotos, wie ich aussehe.
Endlich ein Zuhause für immer, wie oft habe ich davon geträumt. Also zeige ich mich von meiner allerbesten Seite.
Nun Sprechen sie mit der Frau und es sieht so aus, als ob sie mich mitnehmen!
Eigentlich hab ich mich schon sofort in diese Menschen verliebt.

Nachdem sie fertig waren mit Reden, nahmen sie mich an einer langen Leine mit zu ihrem Auto und…..hurra, sie nehmen mich mit, mit zu ihrem Zuhause!

Als ich in ihrem Auto war, konnte ich vor Aufregung gar nicht still sitzen, das war für mich ein richtiges Abenteuer. Ich freue mich. Während der Autofahrt bekomme ich plötzlich Bedenken, was ist, wenn ich mich täusche und nach einer Weile merken die, das sie mich doch nicht wollen? Plötzlich wird mir richtig übel, kommt das von der Autofahrt?

Oder vor Angst? Jedenfalls kann ich es nicht verhindern, entschuldigt den Ausdruck, aber ich musste „Kotzen", und das auch noch auf den Schoß von dem hoffentlich neuen Frauchen, und dann auch noch zweimal! Nun, das wars dann wohl. Ich machte mich ganz klein und schämte mich, aber keiner schimpfte mit mir.

Zu meinem Erstaunen haben sie mich sogar bedauert und angehalten um alles sauber zu machen, doch auch wenn sie mit mir nicht böse waren, mir war das peinlich!

Das machte mir aber wieder Mut und ganz langsam begann sich die Freude wieder durchzusetzen. Trotzdem, ich weiß gar nicht warum, fange ich wieder an zu zittern, alles Aufregung. Aber das neue Frauchen kuschelt mit mir und streichelt mich, ganz langsam werde ich ruhiger und schlafe in den Armen von Frauchen ein und im Halbschlaf denke ich noch „ich sage schon Frauchen".

War bis jetzt alles sehr aufregend, und als ich wieder wach bin, sind wir wohl schon im neuen Zuhause, und schon bin ich wieder aufgeregt!

Zu Hause angekommen sagen alle drei ständig „Puffel" zu mir, ich denke mal, das ist nun mein neuer Name ab jetzt. Komischer Name, aber egal, Hauptsache ein schönes neues zu Hause und vor allem hoffentlich für immer!

Vorsichtig, man weiß ja nie, tipple ich in die Wohnung, Köpfchen und Schwänzchen gesenkt, ganz langsam sehe ich mir die neue Umgebung an, alle drei stehen da und gucken mir dabei zu und lächeln.

Futter und Wassernapf stehen schon gefüllt hinter einer Tür, auf dem Sofa liegt eine Kuscheldecke, das ist bestimmt für mich, also springe ich hoch auf das Sofa, kuschel mich ein, und weil ich von der Anstrengung so müde bin, schlafe ich auch sofort ein!

Als ich wieder aufwache, bleibe ich noch ein bisschen so liegen und denke über meine jetzige Situation nach, also alles, was ich hier sehe.

Die Wohnung, das neue Herrchen und Frauchen gefallen mir richtig gut, die blonde Frau hatte sich verabschiedet und damit war für mich klar, wer jetzt mein neues Herrchen und Frauchen sind. Ich denke noch mal über die blonde Frau nach, denn wenn sie mich ansah, hat sie sich überhaupt nicht mehr ein gekriegt und sagt dann immer „och, mein süßes Puffelchen".

Sie hat den komischen Namen für mich erfunden, total süß, und dann quietscht sie immer dabei, ich glaube, hier habe ich schon eine Freundin!

****

Also, ich glaube, ich kann schon so frech sein und sagen, ich habe eine Menge Bestellungen an das Universum geschickt, bis ich endlich – hoffentlich - ein schönes Zuhause gefunden habe, aber dafür war die Lieferung Spitze. Ich hätte es nicht besser treffen können!

Glaube ich, hoffe ich. Ist schon eine schöne Sache das mit den Bestellungen ans Universum.

Die Menschen tun das auch, manchmal, wie ich hörte, also versuch ich es auch, hat geklappt. Und weil es so lange gedauert hat, ist das Ergebnis aber umso besser! Ich hoffe doch für immer und ich kann jetzt erst mal beruhigt sagen: „mein Stuhl – mein Sofa – mein Bett – meine Fensterbank – meine Herrchen!"

Aber nicht nur ich hatte Glück, meine neuen Herrchen auch mit mir, und was für ein Glück!

Mein Sofa

Meine Fensterbank

Schlafen sollte ich, natürlich, auf dem Boden auf einer Decke neben dem Bett meiner Herrchen. Find ich gar nicht schön, ich möchte so gerne auf das Bett.

Eines Nachts, das Licht geht aus, ich liege brav auf meiner Decke, Herrchen und Frauchen schlafen schon, ich aber nicht. Jetzt ist der richtige Zeitpunkt, denke ich mir, ganz leise krabbel ich auf das Bett und kuschel mich am Fußende ein und bin sofort „schläfrig" und ab in meine Hundeträume.

Am frühen Morgen, ehe sie aufwachten, bin ich wieder schnell auf meine Decke – auf dem Fußboden – gesprungen. Am nächsten Abend wollte ich gerade dasselbe tun, aber huch, da waren sie noch wach, was ich nicht bemerkt habe, und haben mich erwischt. Mist, also, die liebsten Hundeaugen gemacht, sie sahen sich selber an und sagten sofort „oh, guck doch mal, der Kleine will zu uns"! „Ja, lassen wir ihn doch, er stört doch gar nicht", sagte Herrchen. Also riefen beide „Puffelchen komm zu uns ins Bett".

Auf einer Decke am Fußende, die sie hingelegt haben, machte ich es mir nun gemütlich, bis heute, also für immer!

Oh man, das ging ja schnell. Ich habe gewonnen, was Hundeaugen so ausmachen?! Das merke ich mir, falls ich wieder mal meinen Kopf durchsetzen will bzw. muss. Und somit 1:0 für Puffel, ha!

*****

Ich fühle mich „sauwohl", äh, Entschuldigung, „Hundewohl". Es kommt immer viel Besuch, langsam weiß ich wer alles dazugehört und ich liebe schon alle und alle lieben mich. Das ist hier einfach „Superhundetoll"!
Zwei sind besonders coole Freunde, Karlchen und Micha, oh man, mit den beiden kann man super Spielen (Puffeln), Beißen, Rennen, auf dem Boden schmeißen und alle vier Pfoten hoch.
Also die ganze Hundepalette, manchmal muss ich vor lauter Aufregung und Spaß ein ganz klein wenig Pullern, das ist mir so peinlich, naja, ein bisschen peinlich, weil sie alle gar nicht Schimpfen!

Alle sind ganz lieb zu mir, die ganze große Familie. Also mein Rudel, ist aber auch klar, ich bin der süßeste, kuscheligste, bestaussehende und liebste Hund der Welt, mehr ist mir im Augenblick nicht eingefallen. Stimmt aber, da könnt Ihr alle Fragen!

Wenn hier zB. Besuch kommt, glaubt mir, hier kommt viel Besuch, dann schmeiße ich mich gleich hin und vordere damit alle auf, mich am Bauch zu Kraulen, und weil sie das alle lustig finden, macht mir das doppelt Spaß.

Aber jetzt wird das schon etwas schwierig, denn seitdem ich hier bin, habe ich schon ein bisschen zugenommen, und obwohl einige sagen „El Gordo" - der Dicke –, sagen Herrchen und Frauchen, dass es das richtige Gewicht für mich ist.

Ich habe gehört, sie haben gegoogelt, was auch immer das ist, na gut, ich futtere einfach weiter und verlass mich auf sie!

Und somit falle ich jetzt in Slow Motion und meine Schuld ist das sowieso nicht, denn ich habe einen ganzen Schub voll Leckerli, wobei, am allerleckersten schmecken mir meine „Stinkis"! So sagen immer meine Herrchen zu den langen Stangen aus der Tüte, die so „lecker" riechen.

Kann ich aber verstehen, für die Herrchens stinken die wirklich, Schweinelecker, äh, Hundelecker natürlich, und wenn ich mich auf die Hinterbeine stelle, was für mich nicht gerade einfach ist, bekomme ich gleich noch ein „Stinki".

Na also, klappt doch, „Wer also hat hier das Sagen?" Ratet mal, na, na eingefallen? Logisch, Puffel, zwei zu Null für mich!

******

Unser, ich meine mein neuestes Vergnügen ist, bevor wir schlafen gehen, auf die Fensterbank und mit den Herrchen raus gucken und sehen, was so Nachts los ist auf der Straße. Das macht mir viel Spaß, und wenn jemand vorbeikommt, sagen sie immer „och ist das süß".

Dann geht's ab ins Bett, noch ein bisschen Toben, gibt auch ein „Nachtleckerli", dann schön kuscheln und schlafen. Gemütlich!

Ach, das muss ich noch erzählen, wenn wir so Toben, kann es schon mal passieren, dass ich etwas zu doll „Beiße", dann zeigen die Herrchen den Zeigefinger und sagen nur „na", aha, weiß ich Bescheid und zack, hinschmeißen, Herrchen und Frauchen mit meinen „Dackelaugen" ansehen, und dann kommt „och Puffelchen, ist ja alles gut"!

So, nun aber „gute Nacht Leute", ich bin gleich im Hundetraumhimmel. Ach ja, ich hab das Paradies gefunden! Gute Nacht.

Kapitel 3

Nun bin ich schon ein paar Monate hier, Herrchen, Frauchen, die ganzen Kinder, die Enkel und sogar der Tierarzt, alle cool, voll cool!

Neuerdings puffel ich immer öfter auf der schönen und großen Fensterbank und jeder der vorbeikommt und mich sieht, bleibt stehen um mit mir zu Puffeln, „so nennen die Herrchen das, wenn sie mit mir schmusen"!
Ganz viele fremde Touristen und Nachbarn bleiben stehen und finden mich toll, manche fragen, ob sie mit mir ein Foto machen dürfen, die Herrchen finden das auch cool und erlauben es.

Habe mich auch mal im Spiegel angesehen und so bei mir gedacht „ich bin schon süß", kann die Menschen verstehen. Übrigens hab ich mal von Herrchen und Frauchen gehört, dass sie auf keinen Fall einen Dackel haben wollten, siehst, und darum habe ich mich als „Labrador verkleidet", weil, den lieben sie, denn ihr Sohn hat einen, aber sooooo groooooß!
Tja, gewusst wie, hihi.

******

Heute war ein anstrengender Tag aber trotzdem schön. Mit Herrchens und der blonden Frau, die ich am Anfang gleich kennengelernt habe, gingen wir nach der Arbeit an den Strand, spazieren, denn nur im Winter dürfen wir Hunde an den Strand, im Sommer ist das dann für uns verboten. Ausgerechnet, wo man im Sommer so schön ins Meer könnte, aber ok, Hauptsache im Winter am Strand toben.

Ich sehe also eine riesige Pfütze mit einer Ente drin, ich ohne Leine, nicht nachgedacht und einfach los Richtung Ente, die da schwimmt, rein ins Nass. Zack, war die Ente weg und zack, ich auch. War doch etwas tiefer als ich dachte, mit Kopf unter Wasser, aber wie blöd das ich gar nicht schwimmen kann. Kopf wieder aus Wasser und schauen, wo sind meine Leute? Die stehen doch tatsächlich da und machen nichts, gucken nur blöd. Ok, ich konnte dann plötzlich doch schwimmen, trotzdem nun aber raus und schnell zu meinen Leuten.

Die sehen mich an wie einen begossenen Pudel, und ich denke, ich bin jetzt ein nasser Dackel. Super.

Und Herrchens? „Oh Schatzi, warst du weg?" und ich denke: „ja ja, und ihr habt mich nicht gerettet. Jetzt habt mal schön ein schlechtes Gewissen"!

Gut, ich hab mich dann kurz geschüttelt, aus Rache direkt neben meine Herrchen und prompt kam igitigit. - So, Strafe muss sein!-

Nun schnell nach Hause, war sehr anstrengend heute, denn jedenfalls ist jetzt eines klar, ich kann doch schwimmen!

Eigentlich schlafe ich ja am Fußende, aber manchmal, wenn Herrchen und Frauchen aufgestanden sind, rutsche ich „aus Versehen", auf die Kopfkissen. Ist keine Absicht, kann ich nichts dafür!

Endlich fühle ich mich zu Hause

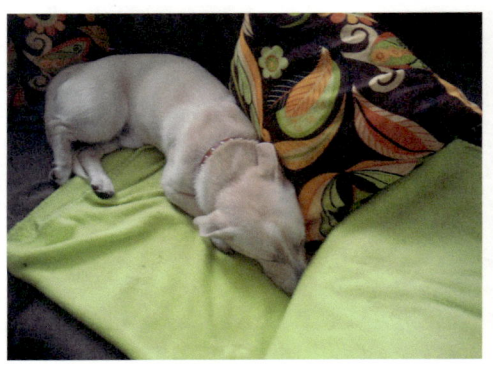

Hoffentlich darf ich hier bleiben

Eines Tages merkte ich schon morgens, heute stimmt etwas nicht, denn es ist so ungewohnt hektisch, es stehen überall Sachen herum. Was wird das? Sie denken, ich sehe das nicht, aber auch meine Sachen sind alle an einer Stelle, was soll das werden?

Ich bleib auf dem Sofa liegen und sehe mir das aus sicherer Entfernung an, und dann kommt meine blonde Freundin mit ihrem Kind. Das war ja nichts Besonderes, denn sie trinken hier immer Tee, aber heute war auch das komisch, denn sie nahmen mich mit, auch meine Sachen.

Eigentlich dachte ich, sie gehen mit mir nur Gassi, aber mit meinen Sachen? Komisch war das schon, was mag jetzt passieren?

Gassi ging es trotzdem, aber sie nahmen mich mit zu sich nach Hause. Ich hab sie ja lieb, aber warum bringen sie mich nicht in „mein" zu Hause? Auf in ein neues Abenteuer, denn da war noch ein ganz großer Hund und Katzen.

Schon seit meiner ersten Begegnung mit einer Katze war mir klar, meine Freunde sind das nicht, was die Katzen natürlich nicht wissen, denn ich habe mehr Angst vor denen, wie sie wahrscheinlich vor mir. „Katzen sind eben dümmlich"!
Ok, aber es ging alles friedlich ab, ich habe sie respektiert und sie und der andere Hund auch mich und „Blondi" hat auch immer auf mich aufgepasst, also „Blondi groß und Blondi klein", denn ihr Kind war auch blond!

Die Katzen haben sich natürlich oft vor mir versteckt, auch gut, denn das war schon toll hier, das war jetzt auch meine Familie, aber langsam fragte ich mich, wo sind meine Herrchen und Frauchen?

Wenn ich abends bei der kleinen Freundin im Bettchen mit schlafen durfte, was super und schön war, habe ich überlegt, ob ich vielleicht böse war oder irgendetwas falsch gemacht habe und sie mich deswegen wieder weg gegeben haben?

Oh nein, nicht schon wieder, ich habe sie doch sooooo lieb gewonnen!

Nicht dass es mir hier nicht gefällt, aber ich dachte, dass ich nun endlich mein Zuhause für immer gefunden habe! Obwohl alle ganz lieb zu mir sind, bin ich schon sehr traurig, denn wo sind meine Herrchen?

Kapitel 4

Wir gehen also heute wie immer Gassi, meine große blonde Freundin und ich, plötzlich kommt mir der Weg bekannt vor. Ich also auf „hab Acht Stellung" und langsam bekomme ich Herzklopfen, täusche ich mich vielleicht, weil ich die Herrchen so doll vermisse?

Aber nein, es ist mein Haus, mein Zuhause, ich sehe es ganz genau! Vor Aufregung fange ich an zu ziehen mit der Leine, immer doller und ja, es ist mein Zuhause. Die Tür geht auf und Herrchen und Frauchen freuen sich genauso doll auf mich, wie ich mich auf sie.

Wir sind alle drei buchstäblich aus dem „Häuschen", - so sagen doch die Menschen in solchen Situationen - ! Endlich, sie haben mich doch noch lieb!

Denn sie waren nur eben mal in Urlaub, denn jetzt ist es mir klar, dann muss ich eben woanders schlafen, denn sie können mich ja nicht überall mit hinnehmen.

Aber jetzt freue ich mich erst mal ganz doll auf meine Herrchen! Ich habe sie alle lieb, alle, aber am liebsten natürlich meine Herrchen.

Mein erster Kontakt mit einer Katze, ich hab schon große Angst. Ich bewege mich lieber nicht, hab schon auf die Schnute bekommen.

Was passiert hier, die Packen Sachen und auch meine liegen auf dem Haufen. Das muss ich erstmal weiter beobachten
                Bei meiner Urlaubsfamilie
Katze, ich tue Dir nichts, tust Du mir bitte auch nichts!?

Mannu, ich will hier raus

Das schläft sich richtig Cool...

Denke ja nicht, wer Du bist, wenn ich will bin ich auch groß...

Wenn alles ruhig ist, träume ich von Herrchen und Frauchen

Herrchen und Frauchen, wo seid Ihr?

Auf dem Weg nach Hause...

Ja, ja, ich weiß, ich bin ein bisschen dick geworden, aber ganz ehrlich: Ihr sagt doch immer „alles gut, wenn man sich wohlfühlt, in seiner Haut, äh Fell", und außerdem schmeckt einfach alles zu gut.

Nachbarn und Touristen bringen mir zu meiner Fensterbank Leckerli und dann sagen Sie, ich bin zu dick, das ist ganz schön unfair! Und nicht zu vergessen, dass in mir ein Labrador steckt, sieht man doch. Oder?

Mein Leben ist auch nicht immer witzig, z.B. wenn ich einmal im Monat auf die Waage muss.

Ja, die wollen mich doch tatsächlich dauernd wiegen (einmal im Monat). Bestimmt deswegen, weil so viele lachend sagen „El Gordo" (der Dicke), und dann geht es los: komm „Puffelchen", auf die Waage, komm „Puffelchen".

„Ja doch, ich weiß, wie ich heiße, brauchst nicht zweimal sagen". Ich hab so was von keine Lust, dann renne ich immer über das Bett und Herrchen und Frauchen lachen sich kaputt, sehr witzig.

Ich kann darüber aber nicht lachen, am Ende bleibt mir nur wieder nichts anderes übrig, weil Herrchen mich dann doch kriegt, unterm Arm klemmt und stellt sich dann mit mir zusammen auf die Waage. Dann geht's: „halt still ‚Puffelchen', und ich denke „jaja, sieh lieber zu, dass du fertig wirst, du zerquetschst mich ja". Herrchen guckt nach unten, ganz lange, ich weiß nicht, was es da so lange zu gucken gibt. „Hallo Herrchen, bist du bald fertig?"

Endlich darf ich runter, wurde aber auch Zeit, denn ich weiß nicht wirklich, was das soll? Ich esse und fresse doch so gut wie gar nichts, aber egal, nun seht ihr mal, dass ich es nicht immer einfach habe! Trotzdem schön hier!

*****

Alle glauben wir Tiere merken das nicht, ich hab es aber schon gemerkt, dass einige meiner „Lieblingsmenschen" nicht mehr zu Besuch kommen, aber ich weiß nicht warum.

Macht mich schon mal, traurig was Herrchen und Frauchen nicht wissen können, umso mehr freue ich mich immer riesig, wenn die Tochter und ihr Mann vorbeikommen. Die sind auch immer ganz lieb zu mir und der Micha spielt immer kurz mit mir, ich mag ihn und glaube, er mag mich auch. Wir Wauwi's spüren das.

Dazu hab ich ja auch noch die ganzen Touristen, die immer an „meiner" Fensterbank stehen bleiben und mit mir „Kuscheln"!

Muss dazu sagen, sonst bin ich ja immer mit Herrchen und Frauchen unterwegs. Frauchen geht Arbeiten und wir beiden „Männer" holen sie dann immer ab und gehen dann, wenn Frauchen arbeitet, einkaufen, Gassi, tanken usw., haben immer ziemlich viel zu tun. Wenn wir dann Frauchen abgeholt haben, gehen wir immer alle drei Kaffee trinken in „unserer spanischen Bar"!

Die zwei „Entspannen" bei ihrem Kaffee und ich mach es mir gemütlich und beobachte das Treiben.

Das „Entspannt" mich, allerdings werde ich jetzt immer sauer, wenn dauernd so ein blöder Hund hier vorbeikommt. Dann bekomme ich logischerweise einen „Kamm", fange an zu knurren" damit die „Viecher" wissen, dass das hier mein Revier ist.
 Herrchen und Frauchen verstehen das nicht und schimpfen mich aus. Ok, die sind eben auch nicht perfekt, aber ich verstehe sie!
Wenn ich manchmal so vor mich hin denke und dann an meine Anfänge denke, bin ich vollkommen glücklich. Nachdem es mir soooo schlecht ging ,hab ich jetzt Gott sei Dank das große Los gezogen, wie die Menschen sagen würden „wir haben uns gesucht und gefunden".

Morgens ist das bei uns immer sehr kuschelig. Nachdem Herrchen mit mir Gassi war, macht er für Frauchen Tee und bringt ihn ihr ans Bett! Das macht er immer, dann gehe ich mit und kuschel noch ein bisschen mit Frauchen, und Herrchen genießt seinen Kaffee in der Stube. So hat jeder was davon, jeder chillt auf seine Weise.

Wenn Frauchen dann aufsteht, mach ich es mir aber erst mal so was von gemütlich, und somit fängt für uns drei der Tag völlig gechillt an!

Alle weg, man ist das gemütlich

Wir drei beim Pause machen in unserem Cafe

Ja, geh Du ruhig auf die andere Straßenseite,
hier ist mein Revier!

Ich will nicht schon wieder auf die Waage,
war doch erst vor einem Monat…

Sehr Ihr das? Das ist doch eindeutig

„Tierquälerei"

Eigentlich musst Du nur auf die Waage Herrchen, haste schon mal in den Spiegel gesehen...hihihi

Eines Tages, ich liege gemütlich auf meiner Fensterbank, da merke ich zu spät, das Herrchen raus gegangen ist. Ich also kamikazemäßig sofort runter von meiner Fensterbank, und normalerweise steht da immer ein Stuhl, weil es ja so hoch ist, aber vor Aufregung hatte ich vergessen, dass der nicht unter dem Fenster stand und springe, Kamikaze, und quietsche vor Schmerz!

Eigentlich eher vor Schreck, Frauchen kommt sofort angerannt, will mich noch retten. Aber zu spät, ich bleibe mit einer Kralle in der Rille der Fensterbank hängen und falle dann runter vom Fenster.

Meine Pfote tut weh und Herrchen und Frauchen haben, genau, wie ich, einen riesen Schreck bekommen. Dann sehen wir, dass ich mir eine Kralle herausgerissen hatte und Blut floss, also Herrchen telefoniert mit Tierarzt, packen mich ins Auto und eine halbe Stunde später waren wir an seiner Praxis!

Es war nicht so schlimm, wie es aussah, ich bekam einen schönen dicken Verband. In Blau!

Als sie mich auf den Boden stellten, merkte ich, es läuft sich nicht wirklich gut damit, trotzdem waren wir alle drei wieder zufrieden, der Schreck war vorbei. Allerdings war Gassigehen schon anstrengend, so mit „Behinderung"!

Nun ist alles wieder gut und seid dem legen sie mir auf die Fensterbank immer ein Handtuch, das über die Rille geht und zusätzlich ein Kissen. Jetzt kann so etwas nicht mehr passieren. Sie sind eben die Besten!

Kapitel 5

Wenn ich so auf meiner Fensterbank liege, höre ich manches mal „ach du liebe Zeit, wie geht denn diese Mischung"? Na, weiß ich doch nicht, war nicht dabei, und ich verstehe die Aufregung nicht, und auch nicht wenn Herrchen manchmal sagt „da kommt mal wieder der Dackel durch". Hä???

Ja gut, wenn ich irgendetwas nicht fressen will, können sie Kopfstände machen, ich schiel sie nur an, und wenn mir der Spaziergang - Gassigehen – zu lange geht, setzt ich mich einfach hin, egal wo, da ist auch nichts mit ziehen. Und wenn ich einmal im Monat belle, können sie hundert mal sagen „Bscht", ich belle trotzdem weiter.

Aber sonst bin ich doch ganz lieb, meistens bin ich dann Labrador, und wenn mir ein ganz großer Hund begegnet bin ich ja so was von groß!

Und ich bin eine „Fensterbankberühmtheit", weil hier bei uns auf Mallorca kommen ganz viele Touristen an unserem Fenster vorbei, bleiben dann bei mir stehen und machen auch Fotos von mir.

Dann streicheln mich auch alle, einige kommen schon seit Jahren immer wieder vorbei, und wenn ich dann mal nicht auf der Fensterbank bin, höre ich wie sie sagen „hier sitzt immer der Hund „‚ oder sie rufen mich.
Wenn ich dann meinen Namen höre, springe ich auf den Stuhl den Herrchen und Frauchen für mich extra hinstellen, damit ich hochkomme.

Ich weiß also nicht, was Herrchens wollen, ab und zu darf man auch mal Dackel sein. Grins. Klingt doch nicht etwa eingebildet oder? Nö, glaub ich nicht wirklich.
Übrigens bin ich auch noch ein „Oh" Hund! Ja was mag wohl ein „Oh" Hund sein fragt ihr Euch jetzt bestimmt. Ich sag es Euch: Immer wenn die Leute am Fenster vorbeikommen, bleiben sie fast alle stehen und sagen dann „Oh" ist der süß, also bin ich jetzt ein „Oh"Hund.
Voll cool!

Und dann kommt ab und zu Micha und der bringt mir fast immer Hundezahnbürsten mit, wenn ich ihn sehe, mache ich schon „Wackelschwänzchen", denn ich höre mittlerweile schon sein Auto unter den vielen die hier vorbeikommen heraus!

Dann tue ich so, als schmeckt mir diese blöde Zahnbürste, damit Micha sich freut, denn man muss schon für „Freundschaften Opfer bringen", ich meine natürlich mich!
Herrchen und Frauchen brauchen mir gar nicht mit den Dingern ankommen, können sie gerne alleine Essen.

So, jetzt gehe ich erst mal mit Herrchen Gassi, denn er muss ja auch mal raus. Wenn wir zurück sind, gehe ich in mein "Zimmer", das Bad, hab ich mir selbst herausgesucht, da ist es schön kühl und dann lasst mich mit Gassigehen in Ruhe!

Ja Herrchen, ich weiß, Du willst schon wieder Gassi, OK, dann komme ich mit!

Was heißt hier „stur wie ein Dackel" ?

Meine gemütliche Fensterbank….

….mit Handtuch, damit ich mich nicht mehr verletzen kann

Mal Gucken was die da drinnen machen

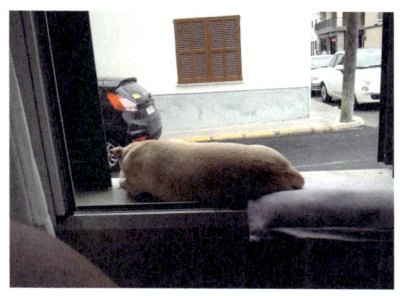

Naja, ichhab ja mal ne Pause,
bis die nächsten vorbeikommen….

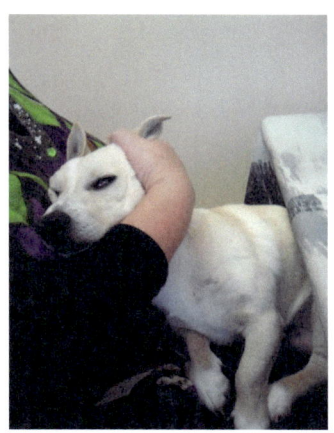

Ja, seht es Euch an, ich musste nach meiner „schweren" Verletzung erst mal getröstet werden….

..und das Gassigehen war schon ziemlich anstrengend, und die Leute: „ach der Arme!" Ja, genau, das humpelt sich gleich besser!

Also ehrlich, wenn ich so manchmal über die Zeit vor Herrchens nachdenke, wird mir ganz komisch, wenn ich an die Zeit in der Mülltonne denke.

Das war zwar nicht lange, aber immer wenn wir durch den Tunnel hier fahren, um in den nächsten Ort zu kommen, bekomme ich immer noch kurz Panik, aber Herrchens trösten mich dann immer und ich merke schon, dass es immer weniger Angst wird.

Auch wenn ich manchmal den Dackel raus hängen lasse, bin ich den beiden so dolle dankbar und hab sie lieb, wenn man, dass als Hund sagen darf!

So, und nun hab ich auch ein Sofa für Leckerli und ein Sofa für Abendbrot. Ich weiß, ihr denkt jetzt „die Alten spinnen doch", nee nee, hab lange gebraucht sie da hinzubringen, und dass lass ich mir jetzt nicht mehr nehmen, hihi.

*****

Also jetzt meine neue Freundin. Erst mochte sie mich ja nicht unbedingt, aber jetzt seht mal, wie viel Mühe ich mir gegeben habe. Also, ich habe sie auch lieb.

Noch tut sie so als ignoriert sie mich

Jaaa, habe es geschafft, Küsschen bekommen. Na, gut gemacht?

Jaaa, habe es geschafft, Küsschen bekommen. Na, gut gemacht?

So schön sehen unsere Gassiwege aus

Herrchen, komm schon...

Hallo Frauchen, da sind wir wieder.
Wärst mal mitgekommen

Hallo, ich bins, PUFFEL

Habt mich fast nicht erkannt, gebt es zu

Ich bin ein Star, holt mich hier NICHT raus. Ich hoffe, man sieht, dass ich inkognito bin.

Habt mich fast nicht erkannt, gebt es zu

Ich bin ein Star, holt mich hier NICHT raus. Ich hoffe, man sieht, dass ich inkognito bin. Grins.

Ja, ich weiß, „arroganter Dackel"
Bin ich gar nicht, so!

So ging ein Tag nach dem anderen vorüber, mein Leben war einfach herrlich, ich kann mich über nichts beklagen! Ich habe so viel Glück gehabt, dass ich es manchmal gar nicht glauben kann, und dann kommt wieder so ein Tag, wo ich denke, „was ist denn jetzt los"?

Also wieder Koffer, wieder ein komisches Gefühl, aber dieses Mal kann ich ja nicht mehr zu meiner blonden Freundin, die hab ich nie wiedergesehen. Auch wir Hunde merken so etwas! So, und nun? Bin ich vielleicht zu sehr Dackel geworden? Mir bleibt im Moment nichts anderes übrig, wie abzuwarten was passiert. Herrchen und Frauchen geben mich ja wohl nicht mehr weg, wir verstehen uns doch supertoll.

Ein bisschen zitternd ging es ins Auto, so gezittert habe ich schon lange nicht mehr, nur wenn die Leute immer am Hafen feiern und Feuerwerk machen. Soweit so gut, jetzt also ins Auto und warten, was da kommt.

Wir sind ziemlich lange gefahren, so nach meinem „Hundegefühl" und hielten nun an. Es war ganz viel Hundegebell zu hören und am Tor standen zwei ältere Männer! Was war das denn??? Das ist bestimmt ein Tierheim, ganz toll!

Herrchen und Frauchen unterhielten sich nun mit den beiden und sie geben eine von meinen vielen Kuscheldecken und meine Futternäpfe. Oh, kein gutes Zeichen, denn auf einmal waren Herrchen und Frauchen weg, ich hatte in dem Moment nicht viel Zeit darüber nachzudenken, es war alles sehr aufregend und um mich herum alles voll Hunde und Katzen. Ein ziemliches Gewusel!

Die zwei Männer waren ganz ganz lieb zu mir, aber zum Abend hin wurde alles ruhig. Ich habe viel getobt und gespielt und war jetzt „Hundemüde", ich durfte mit ins Haus von den Männern! Darauf war ich ganz stolz, denn das dürfen nicht alle, wie ich erfahren habe.

Jetzt ist alles ruhig und ich dachte über den Tag nach, was so alles geschehen war!

Es war jedenfalls ein Tierheim! Muss ich nun für immer hierbleiben? Ich war sehr traurig und schlief dann so ein.

Als ich am nächsten Morgen aufwachte, musste ich kurz überlegen, wo ich war. Ich sah die Männer wieder und es wurde mir wieder klar, hierbleiben, obwohl es alles sehr aufregend und schön war, ist mir alles auf den Magen geschlagen. „Ja, das geht auch bei Hunden", und ab sofort verweigerte ich vorerst das Futter, denn die sollten sehen was sie davon haben! Gut, nach ein paar Tagen fraß ich dann ein bisschen und das Spielen mit den anderen Tieren lenkte mich wieder ab.

Eines Tages setzte sich einer von den beiden Männern sich mit mir vorne in den Garten an dem Tor, wo ich auch hereinkam. Da durften wir Tiere sonst alle nie hin! Wir saßen also da zusammen und kuschelten, als plötzlich, ich glaubte meinen Hundeaugen nicht zu trauen, ein Auto, unser Auto, meine Herrchen, kamen!

Nein, ich glaube es jetzt nicht, ich sprang vom Schoß, sprang gegen das Tor und fing an zu zittern, und ja, meine Herrchen und Frauchen stiegen aus! Hurra, sie haben mich nicht vergessen, ich liebe sie.

Als das Tor aufging, stürmte ich natürlich zu meinen Herrchens und war überglücklich, Herrchens sahen auch aus, als freuten sie sich über mich!

Die Männer und des Herrchens unterhielten sich noch kurz und dann haben wir uns alle verabschiedet, ab ins Auto und los, ich meine natürlich in „mein Auto". Jetzt geht's nach Hause, super, denn jetzt ist mir klar, das ist eine „Hundeurlaubsstelle". Da wird man auch wieder abgeholt. „Mann Puffel", sagte ich zu mir, „das hat ja gedauert, bis du das verstanden hast".

Jetzt merke ich mir aber, dass die Herrchens mich nie wieder abgeben würden! Nun aber erst mal nach Hause, ich freue mich.

Sorgen machte ich mir gar keine mehr als ich nach gar nicht so langer Zeit dort wieder hin musste, und als ich die Männer wieder sah, hab ich mich auch auf sie richtig gefreut und die sich auch auf mich.

Der Abschied war jetzt viel einfacher, ich weiß ja nun, dass sie mich wieder abholen. Tschüss Herrchens, bis bald, ich muss jetzt schnell zu meinem Hundefreund. Und weg waren die Herrchen.

Jetzt konnte ich meinen Aufenthalt hier richtig genießen, ich freute mich auf die Männer und den Hundefreund, die Katzen sowie das riesige Grundstück. Da gab es überall zu Schnuppern, lauter „E-Mails", alles toll!

Kapitel 6

Wieder zu Hause lief alles wie immer, ich auf meiner Fensterbank, wenn wir zu Hause waren, ansonsten mussten wir jeden Tag mit Herrchen Frauchen zu Arbeit bringen. Alles gemütlich wie immer.

Wenn ein bestimmtes Mofa ankommt vor unserem Haus, renne ich los auf die Fensterbank und dann kommt mein Lieblingsnachbar. Sein Mofa erkenne ich sofort, obwohl hier viele vorbeifahren, und dann kommt mein Lieblingsnachbar an unsere Fensterbank und begrüßt mich immer mit Streicheleinheiten.

Er geht dann kurz rein in seine Wohnung und kommt sofort wieder zurück mit Leckerli, aber ich mag den auch ganz doll wenn er keine Leckerli mitbringt!

Auch ein bestimmtes Auto erkenne ich sofort. Wenn Dani oder Micha kommen, dann tue ich immer so, als wolle ich unbedingt diese Leckerli >Zahnbürsten<, und wir Spielen immer kurz. Das macht mir riesigen Spaß.

Herrchen, was ist hier los?

Die Packen für mich Sachen, war ich nicht lieb?
Schicken die Herrchen mich wieder weg?

Ja, ich weiß, manche Leute sagen jetzt „igit, Hund im Bett!
Macht Euch keine Sorgen, Frauchen wäscht die Betten dauernd und saugt sie täglich ab!

Ach ist das schön hier, wo die ganzen Tiere sind.

Ich bin jetzt wieder auf meiner Fensterbank bei meinen Herrchens

Es ist so schön hier

Endlich wieder mit Herrchen und Frauchen
Kuscheln. Ich will hier nie wieder weg.

Herrchens haben sich neue Betten gekauft,
dachten sie..

3-2-1-meins
Ja, ich weiß, manche Leute sagen jetzt „igit, Hund im Bett!

Macht Euch keine Sorgen, Frauchen wäscht die Betten dauernd und saugt sie täglich ab!

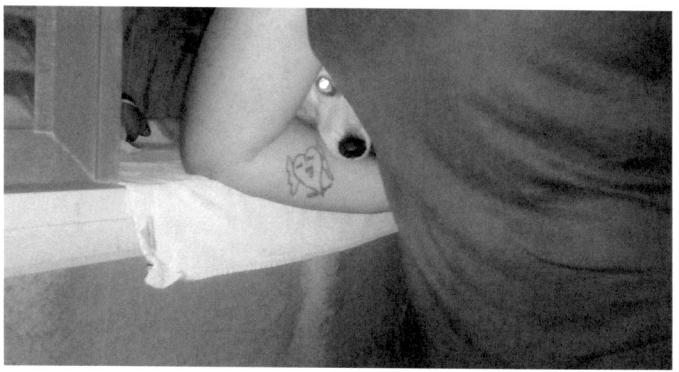

Micha, ich dachte, wir sind Freunde? Wo sind meine Leckerli, sag wo, wo...

Das sind meine „Stammkuscheler",
Joschi und Gabi

So Ihr Lieben, ich hab Euch jetzt meine kleine Geschichte erzählt, und hoffe, dass es Euch Spaß gemacht hat, es zu lesen und die Bilder anzusehen!

Ab jetzt schreibe ich ein Tagebuch mit Bildern, vielleicht habt Ihr ja irgendwann mal Lust, weiteres über mich zu erfahren, ich würde mich freuen, wenn Ihr Spaß daran habt.

Liebe Grüße

Euer Puffel

Karin Hübner
ist in Lübeck am 11.11.1953
geboren, hat 1972 in Berlin geheiratet.
Sie haben 3 Kinder und 8 Enkel.
In Berlin war sie 20 Jahre selbständig mit einer Wäscherei. 2003 ist sie mit ihrem Mann nach Mallorca ausgewandert. Dort arbeitet sie als Dipl. Ayurveda Masseurin in zahlreichen Hotels und hat jetzt begonnen Bücher zu Schreiben.